パンプルムース！

江國香織 Ekuni Kaori 文
いわさきちひろ 絵

講談社

目次

パンプルムース！

かけっこはきらい

かけっこはきらい
わけがわからなくなるからきらい
きがせくからきらい
あっというまだからきらい
またされるからきらい
つまらないからきらい
あたしはきょうそうばじゃなくて
メリーゴーランドのうまなんだと
おもうの

あめのひ

あめのひは
ひるまからでんきをつけるでしょ
ぼくはそれが
きらいなんだ

ちひろ

せかいにとちゅうから

あたし　いま　きえているところ
もうすぐ　きえるところ
きえかたを　まだおぼえてるの
せかいに　とちゅうから　できたんだもの
あたし　いま　きえているところ
もうすぐ　きえるところ
パパにも　ママにも　あたしは　みえない
でも
パパも　ママも　あたしにはみえる
せかいに　とちゅうから　できたんだもの

おれさまトカゲにいわせれば

おれさまトカゲにいわせれば
あのこはちょっとばかりやわらかすぎる
ガラスにはりつくてのひらと
かしこそうなくろいめはりっぱだが

おれさまトカゲにいわせれば
あのこはちょっとばかりおもすぎる
じっとしているしゅうちゅうりょくと
あのかもくさはりっぱだが

おれさまトカゲとあのことは
ガラスいちまいがへだててる
どちらもりっぱな
ひとりぼっちだ

パンプルムース！

グレープフルーツのことを
フランスごでは
パンプルムースっていうのよ
きのうまでのわたしはしらなかったけど
きょうのわたしはもうそれをしってる
だからね
いつかフランスにいったら
レストランのテーブルにつき
すましてこうちゅうもんするの
パンプルムース！

にんげんぎらい

いぬがにひき
ねこがさんびき
ひつじがいっぴき
カエルがじゅういっぴき
ろばがいっとう
うしがにとう
ハトがいちわ
ツバメがいちわ
こうまがいっとう
きりんがいっとう
ぶたがさんびき
オオカミもいっぴき
さるがいっぴき
ライオンがいっとう
これがわたしの
りそうのかぞく

おとな

あさごはんっていうものは
みているだけのほうがきれいね
いろとりどりのくだものや
あまいにおいのやきたてのワッフル
みつとバター
はじのこげためだまやき
でもたべるとげえっとなっちゃうの
これからうみにはいるっていうあさに
からだにたべものをいれようとするなんて
おとなってほんとにわからない

なくときはくやしいの

なくときは　くやしいの
かなしいんじゃなく
さびしいんじゃなく
ただ　もう　くやしいの
からだのなかがあつくなって
そとにそれはでていけなくて
もんどりうって
おおあばれして
ただ　もう　やみくもにくやしいの

1972.6
ちひろ

へいき

すすめ　すすめ
じゃんじゃん　すすめ
みぎあしは　ながぐつ
ひだりあしは　はだし
てにはラッパやたいこをもって
どんがらどんがら　すすめ
かぜがふいて　ぼうしがとんでも
あめがふって　かおがぬれても
きにしない　きにしない
すすめ　すすめ
じゃんじゃん　すすめ
どんがら　どんがら　すすめ

コップがひとつあります

コップがひとつ　あります
なにをいれようかな
のむものなら　なんでも

コップにいれると
のむものはみんな
コップのかたちに　なる

コップにくちをつけると
くちびるとくちびるのあいだで
コップのあつみと　かたさが　わかる

はがぶつかると
かちん　と
いいおとがする

ちひろ

ボール

おとこのこはキャッチボールがうまいほうがいいぞ
と　パパがいったら
あらおんなのこだってボールのあつかいはこころえていなくちゃあ
と　ママがいいました
パパはわらって
そりゃあそうだ
と　いいました
そりゃあそうだ　にぎられてるよ
と　いいました

きょじん

そのきょじんはおんなで
おっぱいがメロンみたいにおおきく
おんがくがだいすきで
いつもモーツァルトなんかきいていて
ハミングのこえはなだれみたい
ようきで
こどもがきらいで
みつけるとひもでぐるぐるにしばって
まどべにつるしてふうりんがわりにしちゃうんですって
きをつけて

1963.6.17
コルホーズの商店 ウズベック
ちひろ

よくきたわね

わたしはあなたがたをしりませんけれど
いつか　もし　あなたがたのうちのだれかが
あるあさうちのとをたたいて
こんにちは
といってにっこりしたなら
わたしはまちがいなくとをあけて
よくきたわね
というでしょう
こうちゃを2はいと
トーストをすこし
むかいあってすわって
あまりはなさないかもしれませんが
ほんはたくさん　あります
いぬとねこが
います

HOTEL

せいけいをたてるには
いろいろなほうほうがある
たとえばぼくは
ゴキゲンなはとばで
ハモニカをふいてせいけいを
たてるつもりだ
ハモニカのねいろが
ひとびとのむねをうち
ぼくはおかねをもらえる
そうしたらぼくはもちろん
そのおかねでウィスキーなんかをかう
ゴキゲンなはとばには
もちろんいぬがいるから
いぬにミルクも
かってやる

せいけいをたてる

すみれ

あなたにもおばあちゃんがいる？
よのなかには　たくさんおばあちゃんがいるものね
わたしにもおばあちゃんがいて
かのじょはすみれのはなににていたわ
よのなかのおばあちゃんは　みんなすみれのはなににているのかしら
あなたのおばあちゃんはどう？

おさけのみになるほうほう

すてきなよっぱらいをみること
ゆかいはすてきとしること
からだをおんがくでみたすこと
せかいはすてきとしること

これだけはおぼえておこう

つつじのみつをすうときは　すい　っと
ちょうちょをつかまえるときは　ぱ　っと

ひなたとひかげ

ひなたは　あったか
ひかげは　ひんやり

ひなたは　ゆらゆら
ひかげは　くっきり

ひなたは　きいろ
ひかげは　あお

ひなたは　からだ
ひかげは　あたま

ひなたは　ねむい
ひかげは　おもい

こんぺいとうのみそはうすである

こんぺいとうは　うすあまい
こんぺいとうは　うすさびしい
こんぺいとうは　うすつめたい
うす　がみそね　このばあい

おはか

ここにねむっているのは　ごせんぞ
みたことのない　ごせんぞたち
いっぱいいるから
つちのなかはにぎやかかもしれない

ちじょうは　しずか
せんこうの　けむり
しきみのはの　みどり
がらがらと　そとば
ておけには　みずがきらめく
5がつのかぜ
おひさまがまぶしい
ぼくはまだ
まだまだまだ
おはかのそとにいるから

えいがかん

えいがかんは　わくわく
じゅうたんの　あまく　おもい　におい
ポップコーンは　ざくざく
ゆびについた　しおも　なめよ
くらくなると　ぞくぞく
えいしゃきの　じーっという　おと
さあ　あたらしい　せかいの　まえ

あかるいからだのなか

けがをしたら　みてみて
からだがちいさくやぶれている
ちがでたらすてきね
ひふのしたで
おがわのように
ざあざあながれている　ち
ところどころふとく
ところどころほそく
まがりくねったり
くすくすわらいしたり
げんきに
ひそやかに

けがをしたら　みてみて
あかるいからだの　なか

あたしのおおきさぶん

かさはおもいけど　へいき
かたによりかからせて　もつの
あめはつめたいけど　へいき
どんなにふっても
あたしのうえには
あたしのおおきさぶん
ちょうどぴったり
しか　ふらない
かぜがふくと
あめがかおにあたるけど　へいき
あたしのおおきさぶん
ちょうどぴったり
だから　うけとめるの

いえねずみ

いえには
いえねずみがいる

うちのいえねずみは
きいろとしろの　しましま
よなかにでてきて
おどりをおどる
まどわくのうえで
ひとりぼっちで
つきあかりをあびて

いえねずみとは　ともだちになれない
でも
よなかにめをさませば
みることができる

ようじ

たぶん　それはよるです
いきなり　だれかが　むかえにきて
あなたにようじがあるといったら
それがきつねでも　ねこでも
あなたにようじがあるというなら
ついていくしかありません
ふねか　でんしゃか
ともかくそこにあるはずのないのりものが
よういされているはずです
はだしで
なにももたず
だれにもおわかれをいわず
ついていくしかありません
あなたにようじがあるというなら

ようじとは
そういうものです

よのなか

はしれ　いぬ
こぼれろ　ミルク
もえろ　ひ
きれ　ハサミ
うれろ　くだもの
ながれろ　かわ
およげ　カエル
かがやけ　おつきさま
うまれろ　あかんぼう
ふれ　ゆき
なれ　ピアノ
ながいきせよ　おとな
それらぜんぶを
たしかめよ　わたし

おともだち

わたしがおばあさんになって
あなたがおじいさんになっても
もしおともだちでいられたら
ときどきいっしょにあさごはんをたべましょう
うみべで
（もしそこがうみのそばなら）
あしもとにはかいがら
そしてりゅうぼく
そのあといっしょにおよぎましょう
おそろいのみずぎで
（はでなやつがいいな）
おおきなパラソルをたててくれる？
しわしわのてをつないで
おそろいのうきわで

がいこくご

じゅっちゅうはっく　きみはいずれたびにでる
がいこくごはわからないけれども
おとにみをまかせていると
きもちがいい
じゅっちゅうはっく　きみはあたまのまどがあいて
そこをかぜがとおるとかんじる
おとにみをまかせていると
じゆうでみがるだ
じゅっちゅうはっく　きみとぼくはであわない
でも　そうだな　たとえばアイルランドのさかばで
ぐうぜんばったりあえるかもしれない
ふたことみこと　ぼこくごではなそう
そこではぼくたちのことばが
うつくしくふしぎな　がいこくごだ

いつかあなたはおもいだすでしょう

いつかあなたはおもいだすでしょう
とおいむかし
たしかにこのばしょにきたことがあると
うすやみも
カラスも
ちっともこわくなかったと
なんのためにここにきたのか
どうやってきたのか
は　おもいだせないかもしれません
でも
たしかにここにきたことがあって
なにひとつこわくなかった　と
それだけはきっと
おもいだすでしょう

初出絵一覧

カバー、22p　タオルにくるまった少女と水着の女性　ハワイスケッチ（1973年）
1p　黄色い花『すてきなミセスの条件』千趣会（1971年）
10p　紫色の馬と少女「子どものしあわせ」草土文化（1972年1月号表紙）
13p　雨にけむる白い家『あめの　ひの　おるすばん』至光社（1968年）
14p　黄色い花とほおづえをつく少女「子どものしあわせ」草土文化（1972年1月号付録）
16・17p　窓ガラスに絵をかく少女『あめの　ひの　おるすばん』至光社（1968年）
18・19p　バスについてくる風船『あかいふうせん』偕成社（1968年）
21p　暖炉のまえで猫を抱く少女「こどものせかい」至光社（1972年2月号表紙）
25p　わらびを持つ少女『あかまんまとうげ』（習作）（1972年）
27p　絵をかく女の子（1970年）
29p　山を思うかずこ『あかまんまとうげ』童心社（1972年）
30p　日傘を持つ女の子と赤い帽子の男の子　常磐相互銀行カレンダー（1971年版）
33p　ウズベック　コルホーズの病院　ソビエトスケッチ（1963年）
34・35p　アッシジ　ベランダに花のあるホテルの窓　ヨーロッパスケッチ（1966年）
36p　雪の幻想「子どものしあわせ」草土文化（1972年2月号表紙）
38・39p　すみれのなかのおばあさんと少女『あかまんまとうげ』童心社（1972年）
40・41p　花とふたつのワイングラス『わたしのえほん』みどり書房（1968年）
42p　かに『すてきなミセスの条件』千趣会（1971年）
45p　6羽のすずめ「子どものしあわせ」草土文化（1972年11月臨時増刊号表紙）
46p　風の女の子ピューン「新版標準国語2年下」教育出版（1971年版）
49p　枯れ草と少年「幼児の世界」世界文化社（ワンダーブック1970年12月号付録表紙）
51p　ひきだしに腰掛ける人形『おはなしアンデルセン』童心社（1965年）
52p　パンや火の精たち『あおいとり』世界文化社（1969年）
55p　紫の雨のなかの少女「こどものせかい」至光社（1971年10月号表紙）
56p　いろいろなねこと小さな家『とべたら本こ　新装版』理論社（1970年）
59p　『わるいキツネその名はライネッケ』霞ケ関書房（1947年）
60・61p　マッチ売りの少女と馬車『幼年絵童話全集19』偕成社（1964年）
63p　海辺の小鳥「改訂標準国語5年下」教育出版（1974年版表紙）
64p　風船とまい上がるパスカル『あかいふうせん』偕成社（1968年）
66・67p　城に向かうゲルダ『おはなしアンデルセン』童心社（1965年）

江國香織

1964年東京都に生まれる。作家。1987年「草之丞の話」で毎日新聞社主催「小さな童話」大賞受賞。1989年「409ラドクリフ」で第1回フェミナ賞受賞。『こうばしい日々』で1991年産経児童出版文化賞、1992年坪田譲治文学賞受賞。同年『きらきらひかる』で紫式部文学賞、2002年『泳ぐのに、安全でも適切でもありません』で山本周五郎賞、2004年に『号泣する準備はできていた』で第130回直木賞を受賞。著書はほかに、『ぼくの小鳥ちゃん』（あかね書房）、『神様のボート』（新潮社）、『ホテルカクタス』（ビリケン出版）、『間宮兄弟』（小学館）、『赤い長靴』（文藝春秋）などがある。

いわさきちひろ

1918年福井県に生まれる。東京府立第六高等女学校卒業。画家。藤原行成流の書を学び、絵は岡田三郎助、中谷泰、丸木俊に師事。子どもを生涯のテーマとして描き、9300点余の作品を残す。1974年死去。享年55歳。代表作に『おふろでちゃぷちゃぷ』（童心社）、『ことりのくるひ』（至光社）、『戦火のなかの子どもたち』（岩崎書店）、画集に『ちひろ美術館』（講談社）などがある。

ちひろ美術館・東京（03）3995-0820
安曇野ちひろ美術館（0261）62-0777
http://www.chihiro.jp/

装丁・レイアウト　吉田篤弘／吉田浩美

パンプルムース！

文・江國香織《えくにかおり》　絵・いわさきちひろ

2005年2月23日　第1刷発行

発行者　野間佐和子
発行所　株式会社講談社
東京都文京区音羽2-12-21　〒112-8001
電話　編集部（03）5395-3532
販売部（03）5395-3622
業務部（03）5395-3615
印刷所　日本写真印刷株式会社
製本所　株式会社若林製本工場

ISBN4-06-212809-8

郵便はがき

料金受取人払

小石川局承認

1148

差出有効期間
平成18年8月
31日まで

112-8731

東京都文京区音羽二丁目
十二番二十一号

講談社　生活文化局
「パンプルムース!係」行

愛読者カード

今後の出版企画の参考にいたしたく存じます。ご記入のうえご投函くださいますようお願いいたします(平成18年8月31日までは切手不要です)。

ご住所　〒□□□-□□□□

お名前
(ふりがな)

生年月日(西暦)

電話番号

性別　1 男性　2 女性

メールアドレス

今後、講談社から各種ご案内やアンケートのお願いをお送りしてもよろしいでしょうか。ご承諾いただける方は、下の□の中に○をご記入ください。

□ 講談社からの案内を受け取ることを承諾します

気にいった詩の
タイトルをお書
きください

a　本書をどこでお知りになりましたか。

1 新聞広告（朝、読、毎、日経、産経、他）　2 書店で実物を見て
3 雑誌（雑誌名　　　　　　　　　　　　）　4 人にすすめられて
5 DM　6 その他（　　　　　　　　　　　　　　　　　）

b　ほぼ毎号読んでいる雑誌をお教えください。いくつでも。

c　ほぼ毎日読んでいる新聞をお教えください。いくつでも。

1 朝日　2 読売　3 毎日　4 日経　5 産経
6 その他（新聞名　　　　　　　　　　　　　　　　　）

d　値段について。

1 適当だ　2 高い　3 安い　4 希望定価（　　　　　　　　円くらい）

e　最近お読みになった本をお教えください。

f　気にいった詩について、その理由などをお教えください。